AF609199

COUDRIN– l'enfant noir

MISE EN GARDE

COLLECTION POUR ADULTES

les livres de la collectiON

ENFANT NOIR peuve contenir

des scène de violence physiques
moral et séxuelles nous rappellon

au lecteur et lectrice que
cette collection et destiné

a 1 public majeur et responsable
la marque ENFANT NOIR et pas

tenu responsable de vaux

achat et ne peut en
aucun cas être poursuivie

LES 5 BEAU GOSSE

chapitre 1 vidange

ALLEZ les gars on va pas contre
oo va évité de faires trop de bruits
c'est chiant que vous soyez muets
en tous cas j'espère que
p'tit diable numéro 2 et pas
certe semaines avec pas

oui les gars il est insupportable
et en plus il passe sont temp
a mangé et a faires
des comédie en tous cas
les gars si on échappe au
p'tit diable numéro 2.OUI les
gars je sais MUDOUME et SÉBASTIEN LE RET
sont les plus pire.EN TOUT
vous passée à la vidanges
tous les 5 et oui pas
de chance je suis toujour
dans le coin allée a 4 pattres
mes loulous en plus vous
aver de la chance vous parté
dans l'appartemment a
quiberon et en plus les

2 grand ENCRE NOIR et
ANGE NOIR sont chéz MADELEINE PALAUD
aver p'tit diable numéro 2.
et oui vous avec l'appartement
pendant 1 semaine et en
plus vous aurez l'équipe KART
avec vous pour 4 semaines
pas contre il est possible
que p'tit diable numéro 2
vienne vous rejoindre a.
n'importe qu'elle moment
et p'tit numéro 9 colle
p'tit diable numéro 2 dont
normalement vous aurez
la PAIX ALLÉE À 4 PATTES.

GHROUM

WOUHA en tous cas ils sont refait

les peinture.ALLOR équipe BEAU-GOSSE
comment ça va et oui on et la aussie
pour 2 semaines .
rassurez-vous votre chambre
et prête on dort dans l'autres

chambre si vous avez besoin
de quoi que ce soit hésite
pas on est juste à côté allée on.

vous laisse vous installer et
en plus on fait 1 soirée réglées
et oui on en profite avant
que p'tit diable numéro 2 a paraisse.

chapitre 2 jeux vidéo

ALLEE l'équipe les 5 beau-gosses
il est l'heure de jouer avec
les borne d'arcade et
les raspberry pie ont en
profite avant que p'tit diable numéro 2
arrive il et infecte en ce moment la

sa va il et chez MADELEINE PALAUD

donc on na la paix.MAIS dit-nous les
4 jumeaux maléfiques aver.

vous reçu des nouvelle de
l'équipe des jumeaux bosseurs.

NON d'ailleur ça fait
1 bon moment qu'on ne
les a pas vu ils faut dit
avec leurs enfants adoptés
sa dois leurs prendre.

pas mal de temps et comme
ils ne savez pas s'arrêter
niveaux travaille ils
sont pires que nous en tous cas.
Dit le grand pipelette.
dit -nous ce que tu fait en
ce moment on a l'impression
que tu et super fatigué en
ce moment.PAS faut je
suis réquisitionné pas mal
de fois en ce moment en plus.

iL s'arrette

pas de changé
mon calendrier en ce moment
en plus je n'y peux rien.
dit en ce moment il manque
énormémmant de personnelle

en plus ils s'arrête pas
de me mettre dans différent
équipes pour les remplacement
et des restreintes.

CHAPITRE 3 P' TIT DIABLE NUMÉRO 2 EN CRISSE

GHROUM

(MAMAN MAMAN)

CHUUUUUT Allée dans nos bras
allor encore en grosse hein
bon pas contre direction
la douche allée arrêter de pleurer.

(MAMAN MAMAN)

GHROUM

HELLO les gars aller vien la le comédien

alor comme sa on refuse de

prendre ces nouveaux médicalement

allor que ces médicalement
son en intraveineuse.

(MAMAN MAMAN MAMAN MAMAN)

(CHUUUUUT CHUUUUUT)

Allor après ta douche tu va
a la plage du fozo aver
les équipes les 4 jumeaux maléfique

et l'équipe les 5 beaux-gosses

oui vous partez à la plage
cette après-midi et oui
vous ne restez pas dans
l'appartement oui et grand
ENCRE NOIR et grand ANGE NOIR.

CHAPITRE 4 PLAGE DU FOZO

GHROUM

Nous voilà arrivée allée les équipes
LES 5 BEAUX-GOSSES et

les 4 JUMEAUX MALÉFIQUE
aller vous baigner je reste
avec p'tit diable numéro 2
et en plus grand ANGE NOIR
dois arrivé dans moin
de 4 heures avec les goûter.
LA vache il semble super fatigué

grand ANGE NOIR ? PAS faux
p'tit diable numéro 2 a tu
fait des crise sévère ou
des p'tit crise de colère en
tous cas il sont super courageux

de garder p'tit diable numéro 2

il faut dit qu'il et asséx
débordant d'énergie.

DANS LA SOIRÉE

ALLE p'tit diable numéro 2 direction

la douche et si tu reste sage
et que tu ne prévois pas
de mauvais coup on pourra
organiser 1 soirée jeux

vidéo pas de mauvais coup
hein tu es prévenu.
ARRÊTE de r adopté mercie

les 4 jumeaux MALÉFIQUE

pas contre évicté de lui

répété 4 fois la même chose
il et bien fatigué en
en tout cas c'est parfait.

CHAPITRE 5 calme avant la tempête

ALLEE debout p'tit diable numéro 2
en tous cas tu a fait 1 nuit complète

donc tu a le droits d'allée
jouer avec les bornes d'arcades

par contre tu évite de faire trop de bruits.
Par de crise de colère.Allée va

joué et évite de réveiller
les 2 équipes LES 5 BEAU-GOSSES

et l'équipe LES 4 JUMEAUX MALÉFIQUE.

OUI GRAND-FRÈRE.
WOUHA hello grand ENCRE NOIR et grand ANGE NOIR avez vous passer 1 bonne nuit.AUCUN problème

cette nuit en tous cas vous avez joué beaucoup
joué avec lui il a super bien dormir en tous
cas sa change qu'on arrive a super bien dormir.
PAS en fait on a également discuté
avec lui et ont a pratiquée de l'hypnose sur
lui en plus c'est très compliqué
ont a du lui parler des jeux vidéo pour
arrivée a attiré son attention
et puis il nous a parlé d'une certaine.

CHAPITRE 6 EXPLOSION DE COLÈRE

(AAAAAAAAAAHHHHHHH)

(CHUUUUUUUUUT)

(TIC TIC TIC TIC)

C'était trop beaux.OUI mais il a tenu
8 mois o moin il a fait des progrès
et en plus les 2 grande ANGE NOIR
et grand ENCRE NOIR sont
au course ont a intéré a trouvé
des solutions plus simples.Pas faut.
OOOOOO LA heureusement qu'ont
vient de rentrer une bonne crisse.
NON explosion de crise ça
fait 1 bon moment qui se retire en

tous cas cette nuit il va être infecté allée.

(6 HEURES PLUS TARD)

(MAMAN MAMAN MAMAN MAMAN (MAMAN MAMAN

MAMAN MAMAN)

C'est bon on et la allée vien la
d'abord la douche.JE ne
croix pas cette fois c'est
les parents qui prennent la relève.
MAIS comment les prévenir
ils sont en MARTINIQUE actuellement
BIN voila le transmetteur et activé normalement
en 15 secondes à peine.Bizarre ça ne fonctionne
pas. BON les équipes LES 5 BEAU GOSSE et
les 4 JUMEAUX MALÉFIQUE à la douches.

ANUBIS.

BRAS DE FER.

BRAS DE MÉTAL.

MOLECQUE.Mais ils ce

GHROUM

WOUHA ne me dit pas qu'ils risque
de tomber dans le coma et que
je vais devoir utiliser des sacs-poubelles
encore 1 fois.PAS du tout
on cherche à entrer en contact
avec nos parents mais pas moyen
que ce soit MUDOUME ou
SÉBASTIEN LE RET on na pas
compris pourquoi ils nous ont

pas téléporté on a activés le transmetteur d'urgence
ANUBIS ci tu et avec LK vien a moi vite.

GHROUM

MERDE ne me dite pas qu'il a fait
1 explosion de colère j'espère.
IL a tenu 8 mois et non 2 mois.
OK mercie ANUBIS et FUSION
J'ai besoin de mamie FUSION.

GHROUM

LK WOUHA j'ai compris.JE ne
sais pas ou sont mes 2 hommes
pas la moindre idée j'aurais
préféré vous demander d'aller
aidé MYRLAINE LE RET mais la
j'ai pas le choix.FUSION a
tu des sacs-poubelles.OUI.

CHAPITRE 7 RETROUVE dans le coma

OUF Voilà il est vidangé et sédaté pas
contre je ne sais pas ou sont sébastien
et Mudoume LE RET impossible de
les joindre en wi-fi depuis 3 jours.
COMMENT ça 3 jours ce né pas normal

normalement on a des nouvelles
très régulière en tous cas c'est très

inquiétant sur tous qu'ils ont les
pouvoir les plus puissant.ET d'aillieur

p'tit diable numéro 2 et partie

la semaine dernières on ne sait
pas ou il et allée mais il est revenu

4 jours après on croyait qu'ils

étais avec SÉBASTIEN et MUDOUME LE RET

ou avec toi LK.NON 1 minutes

voyon voire où il était alor
yeux au beurres salée va peut-être

nous donnée des.MERDE BRAS DE FER

TÉLÉPORTE-NOUS VITE

GHROUM

MERDE mais ils leurs arrive
quoi.BRAS DE FER va récupére les équipes

LES 5 BEAU GOSSE

LES 4 JUMEAUX MALÉFIQUE

P'TIT ANGE

KART

ET LES 5 RAPIDOS

grand ENCRE NOIR et grand ANGE NOIR

aidé moi a les allongé sur les table

a doit doucement il peut encore servir.

ILS sont fous ILS sont dans le coma
c'est 3 fois rien ils sont sans doutes
oublié de ce vidangés et la sa

va être très compliqués et comme

p'tit diable numéro 2 et dans.
les pommes on va devoir attendre
qui se réveillent en moins de 4 heures.

ONT a les seringues avec le
médicament de p'tit diable numéro 2 sur nous.

SANS blague IL tombe souvent
dans les pommes sur tous en ce moment.

QUESTION stupide on et ou o fait.
Bonne quéstion grand ANGE NOIR
en tout ca ils ya pas mal de poussières

ici on dirait la maison de SÉBASTIEN LE RET
a l'époque ou il était humain.
normal en tous cas il ya pleins
de poussières je prend les seringues

en tous cas ils font devoir
prendre p'tit diable numéro 2.

avec eux pendant au moins 4 heures d'affilée.

PIQUE PIQUE AYYYYYYYY AYYYYYYY OUFF

mercie de nous avoir enfin sortie
de ce coma en tous cas il y'en
a marre et dit que p'tit diable
numéro 2 et venu nous apporter
des chocolat au lait ont na.
tous mangé mais ont a
énormément de mal à
ce levé en ce moment.

FLUUUUUUU

FLUUUUUUUUU

O ça fait longtemps s'était pas
sortie pas la.CONFIRME

bon il c'est passé quoi depuis 3 jours.

CHAPITRE 8 EXPLICATION ET DÉCOUVERTE

Bon on et ou la?.TRÈS simple vous s'être chez moi enfin a l'époque ou j'étais humain et oui vous voilà dans mon ex maison et oui a notre époque il y avait pas de courant et pas d'emmerde avec EDF et puis il y avait pas autant de chose qui aujourd'hui ne serve a rien enfin ne sont pas des   produits ou objet de décoration qui font que prendre la poussière et oui
a notre époque on avait pas accès à
internet.GRAND-frère je te rappelle
que nous sommes très vieux aujourd'hui.

GHROUM

OUF ils sont lourd vaux membres
d'équipes, ils sont trop longs pour se préparer.

ET oui BRAS DE FER ONT a pas mal de

personnalité différente.Stop les équipes.

LES 5 BEAU GOSSE

LES 4 JUMEAUX MALÉFIQUE

P'TIT ANGE

KART

ET LES 5 RAPIDOS

COMME d'habitude toujour des
problèmes et encore vous
en être pas venus au mains.

composition de couverture COUDRIN

DÉPÔT LÉGAL: 9 NOVEMBRE 2022

www.ingramcontent.com/pod-product-compliance
Ingram Content Group UK Ltd.
Pitfield, Milton Keynes, MK11 3LW, UK
UKHW021127260726
13994UKWH00001B/28